NOUVEAU THEATRE ITALIEN

L'HERITIER

DE

VILLAGE,

COMEDIE

EN UN ACTE.

Repréſentée pour la premiere fois par les Comédiens Italiens Ordinaires du Roi, le 19 Août 1725.

A PARIS,

Chez BRIASSON, Libraire, ruë Saint Jacques, à la Science.

PIÉCES DU THÉATRE ITALIEN
de M. DE MARIVAUX, qui se vendent chez le même Libraire :

Arlequin poli par l'Amour, Comédie.
La Surprise de l'Amour, Comédie.
La double Inconstance, Comédie.
Le Prince travesti, Comédie.
La Fausse Suivante, Comédie.
L'Isle des Esclaves, Comédie.
L'Héritier de Village, Comédie.
Le Jeu de l'Amour & du Hazard, Comédie.

Le même Libraire vend aussi :

Le Théâtre Italien, ou Recueil général de toutes les Comédies & Scènes Françoises, représentées par les Comédiens Italiens du Roi, avec les airs gravés, & les Figures à chaque Comédie, par Gherardi. *in*-12. *6 vol. Figures.* 1741.

Le nouveau Théâtre Italien, ou Recueil des Piéces représentées par les Comédiens Italiens ordinaires du Roi, depuis leur établissement en 1716, jusqu'à présent : avec les airs des Vaudevilles gravés à la fin de chaque Volume. *9 vol. in*-12. 1733.

Les Parodies du Théâtre Italien, avec les airs gravés. 4 *vol. in*-12. 1738.

Les Comédies purement Italiennes, représentées par les Comédiens Italiens, sous le titre de Nouveau Théâtre Italien de Riccoboni, avec les Traductions Françoises. 3 *vol. in*-12. 1733.

Le Théâtre de Mlle. Barbier. *in*-12. 1745.

Le Théâtre de M. Brueys. *in*-12. 3 *vol.* 1735.

Le Théâtre de M. Palaprat. *in*-12. 1735.

Les Oeuvres de M. du Fresny. *in*-12. 4 *vol.*

A ij

ACTEURS.

Madame DAMIS.

LE CHEVALIER.

BLAISE, *Paysan.*

CLAUDINE, *femme de Blaise.*

COLIN, *fils de Blaise.*

COLETTE, *fille de Blaise.*

ARLEQUIN, *Valet de Blaise.*

GRIFFET, *Clerc de Procureur.*

La Scène est dans un Village.

L'HERITIER

DE

VILLAGE,

COMEDIE.

SCENE PREMIERE.

BLAISE, CLAUDINE, ARLEQUIN.

Blaise entre suivi d'Arlequin en guêtres, & portant un paquet : Claudine entre d'un autre côté.

CLAUDINE.

EH ! je pense que vela Blaise.

BLAISE.

Eh oüi, noute femme , c'est li-même en parsonne.

L'Héritier de Village. A iij

CLAUDINE.

Voirement, noute homme, vous prenez bian de la peine de revenir ; queu libertinage ! être quatre jours à Paris, demandez-moi à quoi faire ?

BLAISE.

Et à voir mourir mon frere, & je n'y allois que pour ça.

CLAUDINE.

Eh bian, que ne finit-il donc, fans nous coûter tant d'allées & de venuës ? toûjours il meurt, & jamais ça n'eft fait : vela deux ou trois fois qu'il lanterne.

BLAISE.

Oh bian, il ne lanternera plus. (*il pleure*) Le pauvre homme a pris fa fecouffe.

CLAUDINE.

Hélas ! il eft donc trépaffé ce coup-ci ?

BLAISE.

Oh ! il eft encore pis que ça.

CLAUDINE.

Comment pis ?

BLAISE.

Il eft entarré.

CLAUDINE.

Eh ! il n'y a rian de nouveau à ça : ce

fera queuffi queumi. Il faut confidérer
qu'il étoit bian vieux, qu'il avoit biaucoup travaillé, bian épargné, bian chi-
poté fa pauvre vie.

BLAISE.

T'as raifon, femme : il aimoit trop l'u-
fure & l'avarice ; il fe plaignoit trop le
vivre, & j'ons opinion que cela l'a tué.

CLAUDINE.

Bref, enfin le vela défunt : Parlons des
vivans. T'es fonunique hériquier ; qu'as-
tu trouvé ?

BLAISE *riant.*

Eh ! eh, eh, baille-moi cinq fols de monnoie, je n'ons que de groffes piéces.

CLAUDINE *le contrefaifant.*

Eh ! eh, eh, di donc, Nicaife, avec
tes cinq fols de monnoie, qu'eft-ce que
t'en veux faire ?

BLAISE.

Eh ! eh, eh, baille-moi cinq fols de monnoie, te dis-je.

CLAUDINE.

Pourquoi donc, Nicodême !

BLAISE.

Pour ce garcon qui apporte mon paquet depuis la voiture jufqu'à cheux nous,
pendant que je marchois tout bellement
& à mon aife.

CLAUDINE.

T'es venu dans la voiture !

BLAISE.

Oui, parce que cela est plus commode.

CLAUDINE.

T'as baillé un écu ?

BLAISE.

Oh bian noblement. Combien faut-il ?
ai-je fait. Un écu, ce m'a-t-on fait. Tenez,
le vela, prenez. Tout comme ça.

CLAUDINE.

Et tu dépense cinq fols en porteus de
paquets ?

BLAISE.

Oui par maniere de récréation.

ARLEQUIN.

Est-ce pour moi les cinq fols, Monsieur
Blaise ?

BLAISE.

Oui, mon ami.

ARLEQUIN.

Cinq fols ! un héritier, cinq fols ! un
homme de votre étoffe ! & où est la grandeur d'ame ?

BLAISE.

Oh qu'à ça ne tienne, il n'y a qu'à
dire. Allons, femme, boute un sou de
plus, comme s'il en pleuvoit. [*Arlequin
prend & fait la révérence.*]

CLAUDINE *à part.*

Ah! mon homme est devenu fou.

BLAISE *à part.*

Morgué queu plaisir! alle enrage, alle ne sçait pas le tu autem. (*tout haut*) Femme; cent mille francs.

CLAUDINE.

Queu coqualane: vela cent mille francs avec cinq sols à cette heure!

ARLEQUIN.

C'est que M. Blaise m'a dit par les chemins, qu'il avoit hérité d'autant de son frere le Mercier.

CLAUDINE.

Eh que dites-vous? le défunt a laissé cent mille francs, Maître Blaise? es-tu dans ton bon sens? ça est-il vrai?

BLAISE.

Oui, Madame, ça est cartain.

CLAUDINE *joyeuse.*

Ça est certain? mais ne rêves-tu pas? n'as-tu pas le çarviau renvarsé?

BLAISE.

Doucement, soyons civils anvers nos parsonnes.

CLAUDINE.

Mais les as-tu vûs?

BLAISE.

Je leur ons quasiment parlé, j'ons été

chez le Maltotier qui les avoit de mon frere, & qui les fait aller & venir pour noute
profit : & je les ons laiffé là ; car par le
moyen de fon tricotage, ils raportont encore d'autres écus : & ces autres écus qui
venont de la manigance, engendront
d'autres petits magots d'argent qu'il
boutra avec le grand magot, qui par ce
moyen devianra ancore pu grand. Et
j'apportons le papier comme quoi ce
monciau du petit & du grand m'appartiant, & comme quoi il me fera déli-
vrance à ma volonté du principal, & de
la rente de tout ça dont il a été parlé
dans le papier qui en rend témoignage
en la préfence de mon Procureur, qui
m'affiftoit pour agencer l'affaire.

CLAUDINE.

Ah mon homme ! tu me ravis l'ame,
ça m'attendrit, ce pauvre biau-frere ! je
le pleurons de bon cœur.

BLAISE,

Hélas ! je l'ons tant pleuré d'abord,
que j'en ons prin ma fuffifance.

CLAUDINE.

Cent mille francs, fans compter le tricotage ! mais où boutrons-je tout ça ?

ARLEQUIN *contrefaifant leur langage.*

Voilà déja fix fols que vous boutez

dans ma poche, & j'attends que vous les boutiez.

BLAISE.

Boute, boute donc, femme.

CLAUDINE.

Oh cela est juste ; tenez mon bel ami, faites itou manigancer cela par un Maltotier.

ARLEQUIN.

Aussi ferai-je ; je le manigancerai au Cabaret. Je vous rends graces, Madame.

BLAISE.

Madame ! vois-tu comme il te porte respect ?

CLAUDINE.

Ça est bien agriable.

ARLEQUIN.

N'avez-vous plus rien à m'ordonner, Monsieur ?

BLAISE.

Monsieur ! ce garçon-là scait vivre avec les gens de noute sorte. J'aurons besoin de laquais, retenons d'abord ceti-la ; je bariolerons nos casaques de la couleur de son habit.

CLAUDINE.

Prenons, retenons, bariolons ; c'est fort bian fait, mon poulet.

BLAISE.

Voulez-vous me farvir, mon ami? &
avez-vous farvi de gros Seigneurs?

ARLEQUIN.

Bon, il y a huit ans que je fuis à la
Cour.

BLAISE.

A la Cour? vela bian noute affaire: je
l'y baillerons ma fille pour aprentie, il la
fera Courtifanne.

ARLEQUIN à part.

Ils font encore plus bêtes que moi,
profitons en. [tout haut] Oh laiffez-moi
faire, Monfieur: je fuis admirable pour
élever une fille; je fçai lire & écrire, dans
le latin, dans le françois; je chante gros
comme un orgue; je fais des complimens;
d'ailleurs, je verfe à boire comme un ro-
binet de fontaine; j'ai des perfections
charmantes. J'allois à mon Village voir
ma fœur; mais fi vous me prenez, je lui
ferai mes excufes par lettre.

BLAISE.

Je vous prends, vela qui eft fait: je fis
votre maître, & vous êtes mon farviteur.

ARLEQUIN.

Serviteur très-humble, très-obéiffant
& très-gaillard Arlequin; c'eft le nom
du perfonnage.

CLAUDINE.

Le nom eſt drôle. Parlons des gages à préſent. Combian voulez-vous gagner ?

ARLEQUIN.

Oh ! peu de choſe, une bagatelle, cent écus pour avoir des épingles.

CLAUDINE.

Diantre ! vous en voulez donc lever une boutique !

BLAISE.

Eh morgué, ſouvians-toi de la nichée des cent mille francs : n'avons-je pas des écus qui nous font des petits ? c'eſt comme un colombier. Çà, allons, mon ami, c'eſt marché fait : tenez, vela noute maiſon. Allez-vous-en dire à nos enfans de venir. Si vous ne les trouvez pas, vous irez les charcher là où ils ſont, ſtapendant que je convarſerons moi & noute femme.

ARLEQUIN.

Converſez, Monſieur ; j'obéïs, & j'y cours.

SCENE II.

BLAISE, CLAUDINE.

BLAISE.

AH ça, Claudine, j'ons passé dix
ans à Paris, moi. Je connoissons le
monde, je vais te l'apprendre. Nous vela
riches, faut prendre garde à ça.

CLAUDINE.

C'est bian dit, mon homme, faut
jouir.

BLAISE.

Ce n'est pas le tout que de jouir, femme : faut avoir de belles manieres.

CLAUDINE.

Certainement, & il n'y a d'abord qu'à
m'habiller de brocard, acheter des jouïaux
& un collier de parles : tu feras pour toi
à l'avenant.

BLAISE.

Le brocard, les parles & les jouyaux ne
font rian à mon dire ; t'en auras à bauge,
j'aurons itou du d'or fur mon habit. J'a-
vons déja acheté un castor avec un casa-
quin de friperie, que je boutrons en atten-
dant que j'ayons tout mon équipage à

forfait. Je dis tant seulement que c'est le Marchand & le Tailleur qui baillons tout cela ; mais c'est l'honneur, la fiarté & l'esprit qui baillont le reste.

CLAUDINE.

De l'honneur, j'en avons à revendre d'abord.

BLAISE.

Ça se peut bian ; stapendant de cette marchandise-là il ne s'en vend point, mais il s'en part biaucoup.

CLAUDINE.

Oh bian donc, je n'en vendrai ni n'en pardrai.

BLAISE.

Ça suffit ; mais je ne parle point de cet honneur de conscience, & ceti-la tu te contenteras de l'avoir en secret dans l'ame ; là, t'en auras biaucoup sans en montrer tant.

CLAUDINE.

Comment, sans en montrer tant ! je ne montrerai pas mon honneur ?

BLAISE.

Eh morgué, tu ne m'entends point : c'est que je veux dire qu'il ne faut faire semblant de rian ; qu'il faut se conduire à l'aise, avoir une vartu négligente, se parmettre un maintien commode, qui

ne foit point malhonnête, qui ne foit
point honnête non plus ; de ça qui va
comme il peut ; entendre tout, repartir
à tout, badiner de tout

CLAUDINE.

Sçavoir queu badinage on me fera.

BLAISE.

Tian par exemple, prends que je ne fois
pas ton homme, & que t'es la femme d'un
autre : je te connois, je vians à toi, & je
batifole dans le difcours ; je te dis que t'es
agriable, que je veux être ton amoureux,
que je te confeille de m'aimer, que c'eft
le plaifir, que c'eft la mode ; Madame
par-ci, Madame par-là ; ou êtes trop
belle, qu'eft-ce qu'ou en voulez faire ! prenez avis, vos yeux me tracaffent, je vous
le dis, qu'en fera-t'il ? qu'en fera-t'on ?
& pis des petits mots charmans, des poin-
tes d'efprit, de la malice dans l'œil, des
fingeries de vifage, des tranfportemens ;
& pis, Madame, il n'y a morgué pas
moyen de durer, boutez ordre à ça : &
pis je m'avance, & pis je plante mes yeux
fur ta face ; je te prends une main, queu-
quefois deux, je te farre, je m'agenouil-
le : Que repars-tu à ça ?

CLAUDINE.

Ce que je reparts, Blaife : mais vraiment

ment je te repouſſe dans l'eſtomach d'a-
bord.

BLAISE.

Bon.

CLAUDINE.

Puis après je vais à reculons.

BLAISE.

Courage.

CLAUDINE.

Enſuite je devians rouge , & je te dis
pour qui tu me prand : je t'appelle un im-
partinant , un vaurian ; Ne m'attaque jamais, ce fais-je, en te montrant les poings :
ne vians pas envars moi, car je ne ſis pas
aiſiée : vois-tu bian, n'y a rian à faire ici
pour toi : va-t'en , tu n'es qu'un beliſtre.

BLAISE.

Nous vela tout juſte , vela comme ça ſe
pratique dans noute Village : cet honneur-
là qui eſt tout d'une piece, eſt fait pour les
champs ; mais à la Ville ça ne vaut pas le
diable : tu paſſerois pour un je ne ſçai qui.

CLAUDINE.

Le drôle de trafic ! mais pourtant je ſis
mariée : que dirai-je en réponſe ?

BLAISE.

Oh je vais te bailler le régime de tout
ça. Quian ; quand quelqu'un te dira ; Je
vous aime bian , Madame , (*il rit*) ha

L'Héritier de Village. B

ha, ha! vela comme tu feras, ou bian joli-
ment, Ça vous plaît à dire ; il te reparti-
ra, Je ne raille point ; tu repartiras, Eh
bian tope, aimez-moi. S'il te prenoit les
mains, tu l'appelleras badin ; s'il te les
baise, eh bian soit, il n'y a rian de gâté ;
ce n'est que des mains au bout du compte : s'il t'atrape queuque baiser sur le
chignon, voire sur la face, il n'y aura
point de mal à ça ; atrape qui peut, c'est
autant de pris, ça ne te regarde point : ça
viant jusqu'à toi, mais ça te passe : qu'il te
lorgne tant qu'il voudra, ça aide à pas-
ser le tems ; car, comme je te dis, la vartu
du biau monde n'est point hargneuse, c'est
une vartu douce que la politesse a bouté à
se faire à tout ; alle est folichonne, alle a
le mot pour rire, sans façon, point con-
sidérante, alle ne donne rian, mais ce
qu'on li vole alle ne court pas après. Vela
l'arrangement de tout ça ; vela ton devoir
de Madame, quand tu le feras.

CLAUDINE.

Et drès que c'est la mode pour être
honnête, je varrons ; cette vartu-là n'est
pas plus difficile que la nôtre. Mais mon
homme, que dira-t-il ?

BLAISE.

Moi ? rian. Je te varrions un régiment

de galans à l'entour de toi, que je fis obli-
gé de paffer mon chemin ; c'eft mon fça-
voir vivre que ça : li aura trop de froidure entre nous.

CLAUDINE.

Blaife, cette froidure me chiffonne,
ça ne vaut rian en ménage : je fis d'avis
que je nous aimions bian au contraire.

BLAISE.

Nous aimer, femme ! morgué il faut
bian s'en garder ; vraiment ça jetteroit
un biau cotton dans le monde.

CLAUDINE.

Hélas, Blaife, comme tu fais ! & qui
eft-ce qui m'aimera donc moi ?

BLAISE.

Pargué ce ne fera pas moi, je ne fis pas
fi fot ni fi ridicule.

CLAUDINE.

Mais quand je ne ferons que tous deux,
eft-ce que tu me haïras ?

BLAISE.

Oh ! non, je penfe qu'il n'y a pas d'o-
bligation à ça : ftapendant je nous en in-
formerons pour être pu furs ; mais il y a
une autre bagatelle qui eft encore pour le
bon air : c'eft que j'aurons une maîtreffe
qui fera queuque chiffon de femme qui
fera bian laide & bian fotte, qui ne m'ai-

mera point , que je n'aimerai point non
pu ; qui me fera des niches , mais qui me
coûtera biaucoup , & qui ne vaura guer-
re ; & c'eft-là le plaifir.

CLAUDINE.

Et moi, combian me coûtera un galant ? car c'eft mon devoir d'honnête Madame d'en avoir un itou, n'eft-ce pas ?

BLAISE.

T'en auras trente , & non pas un.

CLAUDINE.

Oui, trente à l'entour de moi , à caufe
de ma vartu commode ; mais ne me faut-il
pas un galant à demeure ?

BLAISE.

T'as raifon , femme , je penfe itou que
c'eft de la belle maniere , ça fe pratique ;
mais ce chapitre-là ne me reviant pas.

CLAUDINE.

Mon homme, fi je n'ons pas un amoureux , ça nous fera tort, mon ami.

BLAISE.

Je le vois bian , mais morgué je n'avons
pas l'efprit affez farme pour te parmettre
ça : je ne fommes pas encore affez naturi-
ez gros Monfieur ; tian, paffe-toi de galans , je me pafferai d'amoureufe.

CLAUDINE.

Faut efperer que le bon éxemple t'en-
hardira.

BLAISE.

Ça se peut bian, mais tout le reste est bon, & je m'y tians. Mais nos enfans ne venons point, c'est que noute laquai les charche; je m'en vais voir ça. Vela noute Dame & son cousin le Chevalier qui se promenent; je vais quitter la farme de sa cousine : s'ils t'accostent, tians ton rang, fai-toi rendre la reverence qui t'appartiant : je vais revenir. Si le Fiscal à qui je devois de l'argent arrive , di-li qu'il me parle.

SCENE III.

CLAUDINE, LE CHEVALIER, Madame DAMIS.

CLAUDINE, *à part.*

PRomenons-nous itou , pour voir ce qu'ils me diront.

LE CHEVALIER.

Je suis de votre goût, Madame; j'aime Paris, c'est le salut du galant homme, mais il fait cher vivre à l'Auberge.

Madame DAMIS.

Feu Monsieur Damis ne m'a laissé qu'un bien assez en désordre; j'ai besoin de beaucoup d'œconomie, & le féjour de Paris me ruineroit : mais je ne le regrette pas beaucoup ; car je ne le connois guere. Ah vous voilà, Claudine ! votre mari eſt-il revenu ? A-t'il fait nos commiſſions ?

CLAUDINE.

Avec votre parmiſſion, à qui parlez-vous donc, Madame ?

Madame DAMIS.

A qui je parle ? à vous, ma mie.

CLAUDINE.

Oh bian ! il n'y a ici ni maître, ni maîtreſſe.

Madame DAMIS.

Comment me répondez-vous ? Que dites-vous de ce diſcours, Chevalier ?

LE CHEVALIER *riant.*

Qu'il eſt ruſtique, & qu'il ſent le terroir : Eh, eh, eh !

CLAUDINE *le contrefaiſant.*

Eh, eh, eh ! comme il ricane.

LE CHEVALIER.

Couſine, penſez vous qu'elle me raille ?

Madame DAMIS.

Vous n'en pouvez pas douter.

LE CHEVALIER.

Eh donc ! je conclus qu'elle eſt folle.

CLAUDINE.

Tenez, je vous parle à tous deux ; car vous ne ſçavez pas ce que vous dites, vous ne ſçavez pas le tu autem. Boutez-vous à votre devoir, honorez ma parſonne, traitez-moi de Madame, demandez-moi comment ſe porte ma ſanté, mettez au bout queuque coup de chapiau ; & pis vous vairrais. Allons, commencez.

LE CHEVALIER.

Ce genre de folie eſt divertiſſant. Voulez-vous que je la complimente ?

Madame DAMIS.

Vous n'y ſongez pas, Chevalier : c'eſt une impertinente qui perd le reſpect ; & vous devriez la faire taire.

LE CHEVALIER.

Moi ! la faire taire ? arrêter la langue d'une femme ? un bataillon encore paſſe.

CLAUDINE.

Ah, ah, ah ! par ma fiqué, ça eſt trop drôle.

Madame DAMIS.

Son mari me fera raiſon de ſon inſolence.

CLAUDINE.

Bon, mon mari ! eſt-ce que je nous ſoucions l'un de l'autre ? j'avons le bel air nous de ne nous voir quaſiment pas. Vous qui n'avez jamais quitté votre chatiau, cela vous paſſe, auſſi bian que la vartu folichonne.

LE CHEVALIER.

Cette vertu folichone m'enchante,
son extravagance pétille d'invention : va,
ma poule, va ; sans dis, je t'aime mieux
folle que raisonnable.

CLAUDINE.

Oh ceti-là vaut trop, ils font envars
moi ce que j'ons fait envars mon homme ;
ils me croyons le çarviau parclus : ne leur
disons rian ; vela Blaise qui viant.

SCENE IV.

BLAISE, COLETTE, COLIN, ARLEQUIN, *& les Acteurs précédens.*

Madame DAMIS.

Voilà son mari. Maître Blaise, expli-
quez-nous un peu le procédé de
votre femme. A-t'elle perdu l'esprit ?
Elle ne me répond que des impertinences.

BLAISE *après les avoir tous regardé.*

Parsonne ne saluë. (*à Claudine*) Leur
as-tu dit l'héritage du biau-frere ?

CLAUDINE.

Non, mais j'ai bian tenu mon rang.

Madame DAMIS.

Mais, Blaise, faites donc réflexion
que

que je vous parle.

BLAISE.

Prenez un brin de patience, Madame:
comportez-vous doucement.

LE CHEVALIER *d'un air férieux.*

J'examine Blaife, fa femme eft folle,
je le croi à l'uniffon.

BLAISE à *Arlequin.*

Noute laquais, dites à ces enfans qu'ils
fe carraint.

ARLEQUIN.

Carrez-vous, enfans.

COLIN *riant.*

Oh, oh, oh!

Madame DAMIS.

En vérité, voilà l'avanture la plus fin-
guliere que je connoiffe.

BLAISE.

Ah ça, vous dites comme ça, Madame,
que Madame vous a dit des impartinences.
Pour réponfe à ça, je vous dirai d'abord
que ça fe peut bian; mais je ne m'en emba-
raffe point: car je n'y prends ni n'y mets, je
ne nous mêlons point du tracas de Madame. C'eft peut-être que le refpect vous a
manqué. En fin finale, accommodez-vous,
Mefdames.

LE CHEVALIER.

Eh bien, coufine, le vertigo n'eft-il pas

L'Heritier de Village. C

double ? Voyons les enfans, je les croi uniformes. Qu'en dites-vous, petite folle ?

ARLEQUIN.

Parlez ferme.

COLETTE.

Allez-y voir, vous n'avez rien à me commander.

LE CHEVALIER *à Colin.*

A vous la balle, mon fils : ne dérogez-vous point ?

ARLEQUIN.

Courage.

COLIN.

Laissez-moi en repos, malappris.

LE CHEVALIER.

Par tout le même timbre. (*à Arlequin*) Et toi, bélître ?

ARLEQUIN *contrefaisant le Gascon.*

Je chante de même, c'est moi qui suis le Précepteur de la famille.

BLAISE *à part.*

Les vela bian ébaubis ; je m'en vais ranger tout ça. (*haut.*) Madame Damis, acoutez-moi, tout ceci vous renvarse la çarvelle, c'est pis qu'une egnime pour vous & voute cousin. Oh bian de cette egnime en veci la clef & la sarrure. J'avions un frere, n'est-ce pas ?

LE CHEVALIER.

Nouvelle division. Eh bien ! ce frere ?

BLAISE.

Il est parti.

LE CHEVALIER.

Dans quelle voiture ?

BLAISE.

Dans la voiture de l'autre monde.

LE CHEVALIER.

Eh bien! bon voïage : mais changez-nous de vertigo, celui-ci est triste.

BLAISE.

La fin en est plus drôle. C'est que, ne vous en déplaise, j'en avons hérité de cent mille francs, sans compter les broutilles : & velà la preuve de mon dire ; *signé*, Rapin.

COLIN *riant.*

Oh, oh! je ferons Chevalié itou moi.

COLETTE.

J'allons porter le taffetas.

CLAUDINE.

Et an nous portera la queuë.

ARLEQUIN.

Pour moi, je ne veux que la clef de la cave.

LE CHEVALIER à *Madame Damis* *après avoir lû.*

Sandis! le galant homme dit vrai, cousine : je connois ce Rapin, & sa signature ; voilà cent mille francs, c'est comme

s'il en tenoit le coffre. Je les honore beaucoup ; & cela change la thèse.

Madame DAMIS.

Cent mille francs !

LE CHEVALIER.

Il ne s'en faut pas d'un sol. (*à Blaise*)
Monsieur, je suis votre serviteur, je vous
fais réparation, vous êtes sage, judicieux
& respectable. Quant à Messieurs vos enfans, je les aime : le joli Cavalier ! la charmante Damoiselle ! que d'éducation ! que
de graces & de gentillesses !

CLAUDINE ET BLAISE.

Ah ! vous nous flattez trop.

BLAISE.

Cela vous plaît à dire, & à nous de l'entendre. Allons, enfans, tirez le pied, faites voute révérence avec un petit compliment de rencontre.

COLETTE *faisant la révérence.*

Monsieur, vos graces l'emportont sur
les nôtres, & j'avons encore plus de re-
connoissance que de mérite.

Le Chevalier saluë.

ARLEQUIN.

Et vous, Colin.

COLIN *saluant.*

Monsieur, je sis de l'opinion de ma
sœur : ce qu'elle a dit, je le dis.

ARLEQUIN.

Colin fait *bis*.

LE CHEVALIER.

On ne peut de répétitions plus spirituelles ; vous m'enchantez, je n'en ai point assez dit : cent mille francs, capdebious ! vous vous mocquez, vous êtes trop modestes ; & si vous me fâchez, je vous compare aux astres tous tant que vous êtes.

BLAISE.

Femme, entens-tu les astres ?

LE CHEVALIER.

Quant à Madame, je la supplie seulement de me recevoir au nombre de ses amis, tout dangereux qu'il est d'obtenir cette grace ; car je n'en fais point le fin, elle possede un embonpoint, une majesté, un massif d'agrément, qu'il est difficile de voir innocemment. Mais baste, il m'arrivera ce qu'il pourra, je suis accoûtumé au feu ; mais je lui demande à son tour une grace. Me l'accorderez-vous, belle personne ? (*il lui prend la main qu'il fait semblant de vouloir baiser.*)

CLAUDINE.

Allons, vous n'êtes qu'un badin.

LE CHEVALIER.

Ne me refusez pas, je vous prie.

CLAUDINE.

He bian, baisez : ce n'est que des mains au bout du compte,   C iij

LE CHEVALIER *la menant vers*
Madame Damis.

Raccommodez-vous avec la cousine.
Allons, Madame Damis, avancez : j'ai me-
furé le terrain : à vous le reste. (*tout bas ce*
qui suit.) Ne résistez point, j'ai mon def-
fein ; lâchez lui le titre de Madame.

CLAUDINE *présentant la main à*
Madame Damis.

Boutez dedans, Madame, boutez ; je
ne sis point fâchée.

Madame DAMIS.

Ni moi, non plus, Madame Claudine : je
suis ravie de votre fortune, & je vous ac-
corde mon amitié.

CLAUDINE.

Je vous gratifions de la même, & je vous
désirons bonne chance.

LE CHEVALIER.

Mettez une accolade, brochant sur le
tout, je vous prie : bon, voilà qui est bien.
Alte-là maintenant, je requiers la permis-
sion de dire un mot à l'oreille de la cousine.

BLAISE.

Je vous permettons de le dire tout haut.

ARLEQUIN.

Et moi itou ; mais, M. le Chevalier, où
est mon compliment à moi qui suis le docteur de la maison ?

LE CHEVALIER.

Le docteur a raison, je l'oubliois : eh bien, va, je te trouve bouffon ; vante-toi de ma bienveillance, je t'en honore, & ta fortune est faite.

ARLEQUIN.

Grand-merci de la gasconade.

LE CHEVALIER *tire à part Madame Damis, pour lui dire ce qui suit.*

Cousine, sentez-vous mon projet ? Cette canaille a cent mille francs : vous êtes veuve, je suis garçon ; voici un fils, voilà une fille ; vous n'êtes pas riche, mes finances sont modestes : les légitimes de la Garonne, vous les connoissez ; proposons d'épouser. Ce sont des Villageois : mais qu'est-ce que cela fait ? regardons le tout comme une intrigue pastorale ; le mariage sera la fin d'une Eglogue. Il est vrai que vous êtes noble ; moi, je le suis depuis le premier homme ; mais les premiers hommes étoient pasteurs : prenez donc le pastoureau, & moi la pastourelle. Ils ont cinquante mille francs chacun ; cousine, cela fait de belles houlettes. En voulez-vous votre part ? He donc, Colin est jeune, & sa jeunesse ne vous messiera pas.

Madame DAMIS.

Chevalier, l'idée me paroît assez sensée;

mais la démarche est humiliante.

LE CHEVALIER.

Cousine, sçavez-vous souvent de quoi vit l'orgueil de la Noblesse ? de ces petites hontes qui vous arrêtent. La belle gloire, c'est la raison, cadedis : ainsi j'acheve. (*à Blaise & à sa Femme*) Monsieur & Madame Blaise, si ces aimables enfans vouloient se promener un petit tour à l'écart, je vous ouvrirois une pensée qui me paroît piquante.

BLAISE.

Hola, Précepteur, boutez de la marge entre nous ; convarsez à dix pas. (*Les enfans se retirent, après avoir salué la compagnie qui les saluë aussi.*)

SCENE V.

LE CHEVALIER, Me. DAMIS, BLAISE, CLAUDINE.

LE CHEVALIER.

REvenons à nos moutons ; vous sçavez qui je suis, vous me connoissez depuis long-tems.

BLAISE.

Oh qu'oui, vous ne teniez pas trop de

compte de nous dans ce tems-là.

LE CHEVALIER.

Oh des sotises, j'en ai fait dans ma vie
tant & plus; oublions cela. Vous sçavez
donc qui je suis : le cousin Damis avoit
épousé la cousine, j'ai l'honneur d'être
Gentilhomme, estimé, personne n'en dou-
te; je suis dans les troupes, je ferai mon
chemin, sandis; & rapidement, cela s'ensuit. Je n'ai qu'un aîné, le Baron de Lydas,
un Seigneur languissant, un cazanier in-
commodé du poumon, il faut qu'il meure,
& point de lignée; j'aurai son bien, cela est
net. D'un autre côté, voilà Madame Damis, veuve de qualité, jeune & charmante; ses facultés vous les sçavez; bonne Sei-
gneurie, grand château, ancien comme
le tems, un peu délabré, mais on le mas-
sonne. Or elle vient de jetter sur M. Colin
un regard, que si le défunt en avoit vû la
friponnerie, je lui en donnois pour dix ans
de tremblement de cœur; ce regard, vous
l'entendez, camarade.

BLAISE.

Oh dame noute fils, c'est une petite face
aussi bien troussée qu'il y en ait.

LE CHEVALIER.

Vous y êtes, & la cousine rougit.

Madame DAMIS,

En vérité, Chevalier, vous êtes un indiscret.

BLAISE.

Oh il n'y a pas de mal à ça, Madame; ça est grandement naturel.

CLAUDINE.

Oh pour ça, faut avouer que Colin est biau: n'en dit par tout qu'il me ressemble.

Madame DAMIS.

Beaucoup.

LE CHEVALIER.

Je le garantis beau, je vous soutiens plus belle.

BLAISE.

Oui, oui, Madame est prou gentille; mais je ne voyons rian de ça moi; car ce n'est que ma femme: poursuivez.

LE CHEVALIER.

Je vous disois donc, que Madame a regardé M. Colin, qu'elle le parcouroit en le regardant, & sembloit dire: *Que n'êtes-vous à moi, le petit bon homme! Que vous seriez bien mon fait?* Là-dessus je me suis mis à regarder Mademoiselle Collette, la Demoiselle en même-tems a tourné les yeux dessus moi; tourner les yeux dessus quelqu'un, rien n'est plus simple, ce semble; cependant du tournement d'yeux dont je parle, de la beauté dont ils étoient, de ſes charmes & de ſa doucenr, de l'émotion que j'ai ſentie, ne m'en demandez point de nouvelles, voyez-vous ; l'expreſſion me manque, je n'y comprens rien. Eſt-ce votre fille, eſt-ce l'amour qui m'a regardé ? je n'en ſçai rien, ce ſera ce que l'on voudra : je parle d'un prodige, je l'ai vû, j'en ai fait l'épreuve, & n'en réchaperai point. Voilà toute la connoiſſance que j'en ai.

BLAISE.

Par la jarnigué ça eſt merveilleux ; mais voyez donc cette petite maſque !

CLAUDINE.

Ah, M. Blaiſe, alle a deux pruniaux bian malins.

BLAISE.

Que faire à ça, ſe ſont les mians tous brandis.

Madame DAMIS.

De beaux yeux ſont un grand avantage.

LE CHEVALIER.

Oui, pour qui les porte, j'en conviens ; mais qui les voit en paye la façon : & je me ſerois bien paſſé que M. Blaiſe eût donné copie des ſiens à ſa fille.

BLAISE.

Pardi tenez, j'avons quaſi regret d'avoir

comme ça baillé note mine à nos enfans,
puisque ça vous tracasse.

LE CHEVALIER.

Homme d'honneur, ce que vous dites
est touchant ; mais il est un moyen.

CLAUDINE.

Lequeul ?

LE CHEVALIER.

Le titre de votre gendre me sortiroit
d'embarras, par exemple ; & moyennant
le nom de bru, la cousine guériroit. Je
vous ai dit le mal, je vous montre le re-
mede.

BLAISE.

Madame, êtes-vous d'avis que nous les
guarissions ?

LE CHEVALIER.

Belle mere, ne bronchez pas, je me
retiens pour votre fille ; ne rebutez pas les
descendans que je vous offre, prenez place
dans l'Histoire.

CLAUDINE *à part*.

Queu plaisir ! (*haut*) Oh bian, je nous
accordons à tout, pourvû que Madame
n'aille pas dire que ce mariage n'est pas de
niveau avec elle.

BLAISE.

Oh morguenne, tout va de plain pied

ici ; il n'y a ni à monter , ni à defcendre , voyez-vous.

LE CHEVALIER.

Coufine , répondez , faites voir la mo-
deftie de vos fentimens.

Madame DAMIS.

Puifque vous avez découvert ce que je
penfois , je n'en ferai plus de myftere : je
foufcris à tout ce que vous ferez , on fera
content de mes manieres ; je fuis née
fimple & fans fierté , & votre fils m'a plû,
voilà la vérité.

LE CHEVALIER.

Repartez , beau pere.

BLAISE.

Touchez-là , mon gendre ; allons ma
bru , ça vaut fait : j'acheterons de la No-
bleffe , alle fera toute neuve , alle en du-
rera plus long-tems , & foutianra la vôtre
qui eft un peu ufée. Pour ce qui eft d'en cas
d'à préfent , allez prendre un doigt de collation , Madame Claudine : menez-les voir
cheus nous , & dites à noute laquais qu'il
arrive pour me parler. Je l'attends ici , faites itou avertir les violoneus , car je veux
de la joye.

*Le Chevalier donne la main aux Dames,
après avoir falué Blaife.*

SCENE VI.

Blaise se promene en se carrant.

PArlons un peu seuls ; car à cette heure
que je sis du biau monde, faut avoir de
grandes réflexions à cause de mes grandes
affaires. Allons, rêvons donc tout en nous
promenant. (*Il rêve.*) Un pere de famille
a bian du souci ; & c'est une mauvaise grai-
ne que des enfans. Drès que ça est grand,
ça veut tâter de la nôce ; stapendant on a un
rang qui brille, des équipages qui alochont
toûjours, des laquais qui grugeont tout ; &
sans ce tintamarre-là, on ne sçauroit vivre.
Les petites gens sont bian heureux. Mais il
y a une bonne coutume : An emprunte aux
Marchands, & an ne les paye point, ça sou-
tient un ménage. Stapendant il m'est avis
que je faisons un métier de fous, nous autres honnêtes gens.... Mais vela noute Fiscal qui viant : je li devons de l'argent ; mais
il n'y a rien à faire, je sçavons mon devoir.

SCENE VII.
LE FISCAL, BLAISE.

LE FISCAL.

Bonjour, Maître Blaise.

BLAISE.

Serviteur, noute Fiscal : Mais appellez-moi, Monsieur Blaise ; ça m'appartiant.

LE FISCAL *riant.*

Ah, ah, ah ! j'entends ; votre fortune a hauffé vos qualités. Soit, M. Blaise, je me réjouis de votre avanture, vos enfans viennent de me l'apprendre ; je vous en fais compliment, & je vous prie en même-tems de me donner les cinquante francs que vous me devez depuis un mois.

BLAISE.

Ça eft vrai, je reconnois la dette ; mais je ne fçaurois la payer, ça me feroit reproché.

LE FISCAL.

Comment ! vous ne fçauriez me payer ? Pourquoi ?

BLAISE.

Parce que ça n'eft pas daigne d'une parfonne de ma compétence ; ça me tourneroit à confufion.

LE FISCAL.

Qu'appellez-vous confufion? Ne vous ai-je pas donné mon argent?

BLAISE.

Eh bian ouï, je ne vai point à l'encontre; vous me l'avez baillé, je l'ons reçû, je vous le dois, je vous ai baillé mon écrit, vous n'avez qu'à le garder : venez de jour à autre me demander votre dû, je ne l'empêche point ; je vous remettrons, & pis vous revianrez; & pis je vous remettrons, & par ainfi de remife en remife le tems fe paffera honnêtement: vela comme ça fe fait.

LE FISCAL.

Mais eft-ce que vous vous mocquez de moi ? BLAISE.

Mais morgué, boutez-vous à ma place. Voulez-vous que je me parde de réputation pour cinquante chetifs francs? ça vaut-il la peine de paffer pour un je ne fçai qui en payant? Pargué encore faut-il acouter la raifon. Si ça fe pouvoit fans tourner au préjudice de mon état, je le ferions de bon cœur ; j'ons de l'argent, tenez, en vela. Il m'eft bien parmis d'en bailler en emprunt, ça fe pratique ; mais en payement, ça ne fe peut pas.

LE FISCAL à part.

Oh, oh, voici mon affaire. (*haut*) Il vous

eft

est permis d'en prêter, dites-vous ?

BLAISE.
Oh! tout-à-fait parmis.

LE FISCAL.
Effectivement le privilége est noble, &
d'ailleurs il vous convient mieux qu'à un
autre ; car j'ai toujours remarqué que
vous êtes naturellement généreux.

BLAISE *riant & se rengorgeant.*
Eh eh, oüi, pas mal, vous tournez bian
ça. Faut nous cajoler, nous autres gros
Monsieurs ; j'avons en effet de grands mérites, & des mérites bian commodes ; car
ça ne nous coûte rian ; an nous les baille,
& pis je les avons sans les montrer : vela
toute la çarimonie.

LE FISCAL.
Je prévois que vous aurez beaucoup de
ces vertus-là, M. Blaise.

BLAISE *lui donne un petit coup sur l'épaule.*
Ça est vrai, M. le Fiscal, ça est vrai.
Mais morgué vous me plaisez.

LE FISCAL.
Bien de l'honneur à moi.

BLAISE.
Je ne dis pas que non.

LE FISCAL.
Je ne vous parlerai plus de ce que vous
me devez.

L'Héritier de Village.   D

BLAISE.

Si fait da, je voulons que vous nous en parliez ; faut-il pas que je vous amusions ?

LE FISCAL.

Comme vous voudrez : je satisferai là-dessus à la dignité de votre nouvelle condition, & vous me payerez quand il vous plaira.

BLAISE.

Chiquet à chiquet, dans quelques dizaine d'années.

LE FISCAL.

Bon bon, dans cent ans ; laissons cela : Mais vous avez l'ame belle, & j'ai une grace à vous demander, qui est de vouloir bien me prêter cinquante francs.

BLAISE.

Tenez, Fiscal, je sis ravi de vous sarvir, prenez.

LE FISCAL.

Je suis honnête homme ; voici votre billet que je déchire, me voilà payé.

BLAISE.

Vous vela payé, Fiscal ? jarnigué ça est bian malhonnête à vous ; morgué ce n'est pas comme ça qu'on triche l'honneur des gens de ma sorte ; c'est un affront.

LE FISCAL.

Ah, ah, ah ! l'original homme ! avec ses mérites qui ne lui coûteront rien.

SCENE VIII.

BLAISE, ARLEQUIN ET SES ENFANS.

BLAISE.

PAr là sanguienne il m'a vilainement attrappé-là ; mais je l'y revaudrai.

ARLEQUIN.

Monsieur, que vous plaît-il de moi ?

BLAISE.

Il me plaît que vous bailliez une petite leçon de bonne maniere à nos enfans : dressez-lez un petit brin selon leur qualité, à celle fin qu'ils puissent tantôt batifoler à la grandeur, suivant les balivarnes du biau monde ; vous ferez bian çà ?

ARLEQUIN.

Eh qu'oui, j'ai sifflé plus de vingt linotes en ma vie, & vos enfans auront bien autant de mémoire.

COLIN.

Papa, je n'irons donc pas trouver la compagnie ?

ARLEQUIN.

Dites Monsieur, & non papa.

D ij

COLIN.

Monfieur ! eft-ce que ce n'eft pas mon pere ?

BLAISE.

N'importe, petit garçon ; faites ce qu'on vous dit.

COLETTE.

Et moi, papa.... dis-je, Monfieur, irons-je....

BLAISE.

Ecoutez tous deux ce qu'il vous dira auparavant ; & pis venez, quand vous fçaurez la politeffe ; car je vous marie tous deux, voyez-vous ?

COLIN.

Oh, oh ! vela qui eft bon ; j'aime le mariage moi : & je ferai l'homme de qui ?

BLAISE.

De Madame Danuis.

COLIN *en fe frotant les mains.*

Tatigué que j'allons rire.

ARLEQUIN.

Ce tranfport eft bon, je l'approuve ; mais le gefte n'en vaut rien, je le caffe.

COLETTE *à Arlequin.*

Et moi, mon bon Monfieur, qui eft-ce qui me prend ?

BLAISE.

M. le Chevalier.

COLETTE.

Eh bian tant mieux, je ferai Cheva-
liere.

BLAISE.

Je vais toujours devant. Commencez
la leçon, & faites vîte.

ARLEQUIN.

Allons, étudions.

SCENE IX.

ARLEQUIN, COLETTE.

ARLEQUIN.

Laiffez-moi me recueillir un moment.
(*à part.*) Qu'eſt-ce que je leur dirai ?
je n'en ſçai rien ; car pour du beau monde je
n'en ai vû que dans les ruës en paſſant ; voilà tout le monde que je ſçai. N'importe, je
me ſouviens d'avoir vû faire l'amour, j'en-
tendis quelques paroles, en voilà aſſez.
(*tout haut*) Ah ça approchez. Comme ainſi
ſoit qu'il n'eſt rien de ſi beau que les ſimili-
tudes, commençons doctement par-là. Prenez, M. Colin, que vous êtes l'amant de
Mademoiſelle Colette ; parlez-lui d'a-
mour, & elle vous répondra ; voyons.

COLIN *ſaute de joye.*

Parlez-donc, Mademoiſelle ; vous
vela donc ?

COLETTE.

Oui, Monſieur, me voilà. De quoi
s'agit-il ?

COLIN.

Il s'agit, Mademoiſelle, qu'il y a bian
des nouvelles.

COLETTE.

Et queulles, Monſieur ?

COLIN.

C'eſt que la biauté de votre perſonne,
car il ne faut pas tant de préambule, &
c'eſt ce qui fait d'abord que je vous veux
pour femme. Qu'eſt-ce qu'ou dites à ça ?

COLETTE.

Je dis qu'il en arrivera ce qu'il pourra,
mais que votre diſcours me hauſſe la couleur, parce que je n'avons pas la coûtume
d'entendre prononcer les choſes que vous
mettez en avant.

ARLEQUIN.

Ah ! cela va couci couci.

COLIN.

Ça eſt vrai, Mademoiſelle, mais vous
ſerez pû accoutumée à la ſeconde fois qu'à
la premiere, & de fois en fois vous vous
y accoutumerez tout-à-fait. [à Arlequin.]
Fais-je bien ?

ARLEQUIN.

J'apperçois quelque choſe de ruſtique

dans les dernieres lignes de votre compliment.

COLETTE.

Mais oui, il m'eſt avis qu'il y a d'abord galopé de l'amour au mariage.

COLIN.

C'eſt que je ſuis hatif, mais j'irai le pas. Je ne dirai pas que vous ſerez ma femme : mais ça n'empêchera pas que je ne ſois voute homme.

COLETTE.

Eh bian, le vela encore embarbouillé dans les épouſailles.

COLIN.

Morgué, c'eſt que cette nôce eſt friande, & mon eſprit va toujours trottant envars elle.

ARLEQUIN.

Vous avez le goût d'un épaiſſeur.....

COLIN.

Bon bon, laiſſons tout cela ; tenez , je m'en vas, je n'aime pas à être à l'école : je parlerai à l'avanture ; laiſſez venir Madame Damis : pis qu'alle eſt veuve, alle me fera mieux ma leçon que vous. Adieu, mijaurée ; je vous ſaluë, noute Magiſter.

SCENE X.

ARLEQUIN, COLETTE.

ARLEQUIN.

VEla une éducation qui m'a coûté bien de la peine ; achevons la vôtre, Mademoiſelle. Premiérement, je croi qu'il a raiſon quand il vous appelle une mijaurée.

COLETTE.

Et pardi il n'y a qu'à dire, je ſerai pû hardie ; car je me retians à cette heure-ci : tenez ce n'étoit que mon frere qui m'en contoit, dame ça n'afriole pas. Mais M. le Chevalier, c'eſt une autre hiſtoire ; ſa mine me plaît ; vous varrez, vous varrez comme ça me démeine le cœur. Voulez-vous que je lui diſe, que je l'aime ? ça me fera biaucoup de plaiſir.

ARLEQUIN.

Prrrr…. comme elle y va : tout le ſang de la famille court la poſte ; patience, mon écoliere ; je vous diſois donc quelque choſe : où en étions nous ?

COLETTE.

A l'endroit où j'étois une mijaurée.

ARLEQUIN.

Tout juſte, & je concluois…. mais je ne

ne conclus plus rien ; j'ajouterai seulement
ce qui s'ensuit. Quand les révérences seront
faites, vous aurez une certaine modestie, qui
sera relevée d'une certaine coquetterie.....

COLETTE.

Je boutrai une pincée de chaque sorte,
n'est-ce pas ?

ARLEQUIN.

Fort bien. Vous serez... timide.

COLETTE.

Hélas ! Pourquoi ?

ARLEQUIN.

Timide & galante.

COLETTE.

Ah ! j'entends : je boutrai de ça qui ne
dit rian & qui n'en pense pas moins.

ARLEQUIN *à part.*

L'aimable enfant ! elle entend ce que je
lui dis ; & moi, je n'y comprens rien. (*tout
baut*) Le Chevalier continuera ; d'abord
il ne sera que poli, petit à petit il deviendra tendre.

COLETTE.

Et moi qui le varrai venir, je m'avan-
cerai à l'avenant.

ARLEQUIN.

Elle veut toujours avancer.

COLETTE.

Je lui baillerai bonne espérance, & je

L'Héritier de Village. E

pardrai mon cœur à proportion que j'aurai le sian.

ARLEQUIN.

Ma foi vous y êtes.

COLETTE.

Oh ! laiffez-moi faire ; je fçaurai bian petit à petit manquer de courage , & pis en manquer encore davantage , & pis enfin n'en avoir pus.

ARLEQUIN.

Il n'y a plus d'enfans ! Mademoiselle, vous dira - t'il en vous abordant, vous voyez le plus humble des vôtres.

COLETTE.

Et moi je vous remarcie de votre humilité, ce liferai-je.

ARLEQUIN.

Que vous êtes aimable ! qu'on a de plaifir à vous contempler , ajoûtera-t'il en penchant la tête ! Qu'il feroit heureux de vous plaire ! & qu'un cœur qui vous adore goûteroit d'admirables félicités ! Ah ! ma chere Demoifelle, quel tas de charmes ! que d'appas ! que d'agrémens ! votre perfonne en fourmille, ils ne fçavent où fe mettre. Souriez mignarde-ment là-deffus. (*Colette fourit.*) Ah, ma Déeffe ! puis-je efpérer que vous aurez pour agréable la tendreffe de votre amant ? Regardez - moi honteusement, du coin de l'œil, à présent.

COLETTE *l'imitant.*

Comme ça ?

ARLEQUIN.

Bon. Ah! qu'est-ce que c'est cela ? vous me lorgnez d'une maniere qui me transporte. Est-ce que vous m'aimeriez ? répondez. Je ne veux qu'un pauvre petit mot. Soupirez à présent.

COLETTE.

Bian fort ?

ARLEQUIN.

Non, d'un soupir étouffé.

COLETTE.

Ah !

ARLEQUIN.

Oh! après ce soupir-là il deviendra fou, il ne dira plus que des extravagances : quand vous verrez cela, vous vous rendrez ; vous lui direz, Je vous aime.

COLETTE.

Tenez, tenez, le vela qui viant : je parie qu'il va me faire repasser ma leçon. Dame, je sçai où il me faut rendre à cette heure.

ARLEQUIN.

Adieu donc, je vous mets la bride sur le cou. (*à part.*) Ouais, je croi que mon cœur a cru que je parlois sérieusement.

E ij

SCENE XI.

LE CHEVALIER, COLETTE, ARLEQUIN.

LE CHEVALIER à *Arlequin.*

MOn ami, tu fais ici la pluye & le beau tems ; fais durer le dernier, je t'en prie ; je suis né reconnoissant.

ARLEQUIN.

Mettez-vous en chemin, je vous promets le plus beau tems du monde. (*Il se retire.*)

SCENE XII.

LE CHEVALIER, COLETTE.

LE CHEVALIER.

J'Ai quitté la compagnie : je n'ai pû, Mademoiselle, résister à l'envie de vous voir : j'ai perdu mon cœur, une charmante personne me l'a pris, cela m'inquiette, & je viens lui demander ce qu'elle en veut faire. N'êtes-vous pas la

receleufe ? donnez-m'en des nouvelles ,
je vous prie.

COLETTE *à part.*

Oh ! pis qu'il a perdu fon cœur, nous ne
bataillerons pas long-tems. (*baut.*) Monfieur, pour ce qui eft de votre cœur, je ne
l'avons pas vû : fi vous me difiez la parfonne qui l'a prins, on varroit ça.

LE CHEVALIER.

Vous ne la connoiffez donc pas ?

COLETTE *faifant la révérence.*

Non, Monfieur ; je n'avons pas cet
honneur-là.

LE CHEVALIER.

Vous ne la connoiffez pas ? Et cadedis, je vous prends fur le fait : vous portez
les yeux de celle qui m'a fait le vol.

COLETTE *à part.*

Je le vois venir, le malicieux. (*baut.*)
Monfieur, c'eft pourtant mes yeux que
je porte ; je n'empruntons ceux-là de
parfonne.

LE CHEVALIER.

Parlez , ne vous voyez-vous jamais
dans le criftal de vos fontaines ?

COLETTE.

Oh fi fait , queuque fois en paffant.

LE CHEVALIER.

Patience, eh qu'y voyez-vous ?

E iij

COLETTE.

Eh mais, je m'y vois.

LE CHEVALIER.

Eh donc, voilà ma friponne.

COLETTE *à part.*

Hélas! il sera bien-tôt mon fripon itou.

LE CHEVALIER.

Que répondez-vous à ce que je dis?

COLETTE.

Dame! ce qui est fait est fait. Votre cœur est venu à moi, je ne l'y dirai pas de s'en aller, & on ne rend pas cela de la main à la main.

LE CHEVALIER.

Me le rendre! quand vous avez tiré dessus, quand vous l'avez incendié, qu'il se portoit bien, & que vous l'avez fait malade! Non, ma toute belle, je ne veux point d'un incurable.

COLETTE.

Queu pitié que tout ça; comment ferai-je donc?

LE CHEVALIER.

Ne vous effrayez point : sans crier au meurtre, je trouve un expédient ; vous m'avez maltraité le cœur, faites les frais de sa guérison : j'attendrai, je suis accommodant ; le vôtre me servira de nantissement, je m'en contente.

COLETTE.

Oui-da ! vous êtes bian fin : si vous l'aviez une fois, vous me le garderiez peut-être.

LE CHEVALIER.

Je vous le garderois ! vous sentez donc cela, mignonne ? Une légion de cœurs, si je vous les donnois, ne payeroit pas cette expression affectueuse. Mais achevez, vous êtes naïve, développez-vous sans façon, dites le vrai ; vous m'aimez ?

COLETTE.

Oh ! ça se peut bian ; mais il n'est pas encore tems de le dire.

LE CHEVALIER.

Je me mettrois à genoux devant ces paroles, je les savoure, elles fondent comme le miel ; mais donc quand sera-t'il tems de tout dire ?

COLETTE.

Allez, allez toujours, je vous garde ça quand je vous varrai dans le transport.

LE CHEVALIER.

Faites donc vite ; car il me prend.

COLETTE.

Oh je ne le veux pas lors, retournons où nous étions. Vous me demandez mon

cœur ; mais il eſt tout neuf, & le vôtre
a peut-être ſarvi ?

LE CHEVALIER.

Le mien, poupone ! Sçavez-vous ce
qu'on en dit dans le monde, le nom
qu'on lui donne ? on l'appelle l'indomp-
table.

COLETTE.

Il a donc perdu ſon nom maintenant.

LE CHEVALIER.

Il ne lui en reſte pas une ſyllabe, vos
beaux yeux l'ont dépouillé de tout : je le
renonce, & je plaide à préſent pour en
avoir un autre.

COLETTE.

Et moi qui ne ſais pas plaider, vous
varrez que je pardrai cette cauſe-là.

LE CHEVALIER *la regarde.*

Gageons, ma poule, que l'affaire eſt faite.

COLETTE *à part.*

Je crois que voici l'endroit de le regarder tendrement. [*Elle le regarde.*]

LE CHEVALIER.

Je vous entends, mon ame ; ce regard là
décide ; je triomphe, je ſuis vainqueur.
Mais faites doucement ; la victoire m'é-
tourdit, je m'égare, la tête me tourne,
ménagez-moi, je vous prie.

COLETTE *à part.*

Vela qui eſt fait, il eſt fou, ça doit me

gagner, faut que je parle.

LE CHEVALIER.

Le papa vous donne à moi, signez, paraphez la donation, dites que je vous plais.

COLETTE.

Oh pour ça oui! vous me plaisez, n'y a que faire de pataraphe à ça.

LE CHEVALIER.

Vous me ravissez sans me surprendre : mais voici Madame Damis & le beau-frere ; nos affaires sont faites, ils viennent convenir des leurs. [*à part.*] Retirons-nous. *Colette sort.*

SCENE XIII.

Madame DAMIS, COLIN, LE CHEVALIER.

LE CHEVALIER.

JUsqu'au revoir. M. Colin, vous aime-t'on?

COLIN.
Je sommes ici pour voir ça.

LE CHEVALIER.
Achevez donc.

SCENE XIV.

Madame DAMIS, COLIN.

COLIN à part.

TAchons de bian dire. (*haut.*) Madame, il est vrai que l'honneur de voir voute biauté est une chose si admirable, que par rapport à noute mariage, dont ce que j'en dis, n'est pas que j'en parle, car mon amitié dont je ne dis mot ; mais.... Tenez je m'embarbouille dans mon compliment, parlons à la franquette ; il n'y a que les mots qui faisons les paroles ; j'allons être mariés ensemble, ça me réjouit : ça vous rend-il gaillarde ?

Madame DAMIS *riant.*

Il parle un assez mauvais langage, mais il est amusant.

COLIN.

Il est vrai que je ne sçavons pas l'ostographe ; mais morgué je sommes tout-à-fait drôle. Quand je ris, c'est de bon cœur ; quand je chante, c'est pis qu'un marle, & des chansons j'en savons plein un boissieau : c'est toujours moi qui mene le branle, & pis je saute comme un cabry, & boute

& t'en auras, toujours le pied en l'air, n'y
a que moi qui tiant, hors Maturaine da,
qui est aussi une sauteuse, haut comme une
parche. La connoissez-vous ? c'est une
bonne criature, & moi aussi : tenez je prends
le tems comme il viant, & l'argent pour
ce qu'il vaut. Parlons de vous. Je sis riche,
vous êtes belle, je vous aime bian, tout
ça rime ensemble, comment me trouvez-
vous ?

Madame DAMIS.

Il ne vous manque qu'un peu d'éducation, Colin.

COLIN.

Morgué, l'appetit ne me manque pas
toujours, c'est le principal ; & pis cette
éducation à quoi ça sart-il ? Est-ce qu'on
en aime mieux ? Je gage que non. Ma-
rions-nous : vous en varrez la preuve :
vela parler ça.

Madame DAMIS.

Je crois que vous m'aimerez : mais écou-
tez, Colin, il faudra vous conformer un peu
à ce que je vous dirai ; j'ai de l'éducation
moi, & je vous mettrai au fait de bien
des choses.

COLIN.

Bian entendu ; mais avec la parmission
de votre éducation, dites-moi, suis-je
pas aimable ?

Madame DAMIS.

Affez.

COLIN.

Affez ! c'eft comme qui diroit beaucoup ; mais c'eft que la confufion vous
rend le cœur chiche ; baillez-moi votre
main que je la baife, ça vous mettra pu en
train. (*Il lui baife la main.*).

Madame DAMIS.

Doucement, Colin, vous paffez les bornes de la bienféance.

COLIN.

Dame je vais mon train moi, fans prendre garde aux bornes : mais morgué dites-moi de la douceur.

Madame DAMIS.

Cela ne fe doit pas.

COLIN.

Et bian ça fe prête, & je fis bon pour
vous le rendre.

Madame DAMIS.

En vérité, l'amour eft un grand maître !
il a déja rendu fes fimplicités agréables.

COLIN.

Bon vela une belle bagatelle, voirement
vous en varrez bien d'autres.

SCENE XV.

MADAME DAMIS, COLIN,
CLAUDINE, BLAISE, ARLEQUIN,
LE CHEVALIER, COLETTE,
COLIN.

(On entend les Violons.)

LE CHEVALIER *après avoir donné la
main à Claudine.*

EH bien, mes amis ! êtes-vous tous
d'accord ?

COLIN.

Alle me trouve gaillard, & alle dit
qu'alle eſt bian contante. Mais vela des
Violonneux !

BLAISE.

Oui, c'eſt une petite politeſſe que je
faiſons à ma bru, comme un reſte de
collation.

LE CHEVALIER.

Et le Contrat ? Sandis c'eſt le repos
de l'amour honnête : où ſe tient le No-
taire ?

BLAISE.

Il va venir, divartiſſons nous en l'at-
tendant : allons, Viollons, courage.

(La Fête se fait, & dans le milieu de la Fête on apporte une lettre à Blaise qui dit.) Eh! vela le Clerc de noute Procureux! Qu'est-ce, M. Griffet? qu'y-a-t'il de nouviau?

GRIFFET.

Lissez, Monsieur.

BLAISE.

Tenez, mon gendre, dites-moi l'écriture.

LE CHEVALIER *lit.*

J'ai crû devoir vous avertir que Monsieur Rapin fit hier banqueroute ; & que l'état dans lequel il laisse ses affaires, fait juger qu'il passe en pays étranger. Il doit à plusieurs personnes, & ne laisse pas un sol. J'ai pris toutes les mesures convenables en pareils cas : j'y suis interessé moi-même ; mais je ne vois nulle esperance. Mandez-moi cependant ce que vous voulez que je fasse ; j'attends votre réponse, & suis.

LE CHEVALIER *pliant la Lettre, dit à Blaise.*

Blaise, mon ami, il ne me reste plus qu'à vous répéter ce que le Procureur a mis au bas de sa missive *(en lui rendant la Lettre.)* Et suis. Car les articles de notre Contrat sont passés en Pays Etrangers, actuellement ils courent la poste. Adieu, Colette, je vous quitte avec douleur.

COLETTE.

Vela donc cet homme qui me vouloit bailler tout un régiment de cœurs?

LE CHEVALIER.

Le régiment, le Banqueroutier le réforme, il emporte la Caiſſe.

ARLEQUIN.

Ma foi ce n'eſt pas grand dommage ; mauvaiſe milice que tout cela, qui ne vaut pas le pain d'amunition.

LE CHEVALIER.

Je t'entends, faquin.

Madame DAMIS.

Allons, Mr. le Chevalier ; donnez-moi la main, retirons-nous, car il ſe fait tard.

ARLEQUIN.

Bon ſoir, la Couſine ; adieu, le Couſin : mes complimens à vos ayeux, à cauſe du bon ſens qu'ils vous ont laiſſé.

COLIN.

Pardi, c'eſt une accordée de parduë : tu me quittes, je te quitte, & vive la joye. Danſons, Papa.

ARLEQUIN.

Sieur Blaiſe, vous m'avez pris ſur le pied de cent écus par an ; il y a un jour que je ſuis ici : calculons, & payez, je parts.

BLAISE.

Femme, à quoi penſe-tu ?

CLAUDINE.

Je pense que vela bian des équipages de chûs, & des casaques de reste.

BLAISE.

Et moi je pense qu'il y a encore du vin dans le pot & que j'allons le boire. Allons, enfans, marchez. (*à Arlequin*) Venez boire itou vous, bon voyage après, & pis adieu le biau monde.

Fin de la Comédie.

APPROBATION.

J'Ai lû par ordre de Monseigneur le Garde des Sceaux, *l'Héritier de Village*, Comédie d'un Acte, qui peut être imprimée. A Paris le 3 Mars 1727.

BLANCHARD.

J'Ai lû par ordre de Monseigneur le Garde des Sceaux, *le nouveau Théatre Italien*; j'ai examiné en particulier les différentes Piéces qui le composent, & je n'y ai rien trouvé qui puisse en empêcher l'impression. Fait à Paris ce 3 Novembre 1728.

DANCHET.